游戏精灵
卡通动漫30日速成

Mr.cong 动漫 著

化学工业出版社

·北京·

动漫游戏中的精灵形象，种类繁多、形象多变，并以其美丽妖娆、天真可爱、威武勇敢、英俊潇洒等多种特点深深吸引着广大动漫游戏爱好者。

　　本书采用"分解记忆法"，将卡通动漫中的不同游戏精灵形象加以分门别类的讲解，由简到繁、由易到难，逐步带着学习者一一突破。在每一天中，先以亲切自然的语言讲解当天主题的多种绘画技法，再向读者介绍当天分类中常见的角色形象，最后通过实战练习来结束当天的阶段性学习。

　　全书采用一种轻松有效的方法使初学者在短短的30天内掌握常见游戏精灵的画法，非常适合卡通动漫工作人员及绘画爱好者阅读。

图书在版编目（CIP）数据

卡通动漫30日速成·游戏精灵/虫虫动漫著. —北京：
化学工业出版社，2011.9
　ISBN 978-7-122-12132-5

　Ⅰ.卡…　Ⅱ.虫…　Ⅲ.动画-绘画技法　Ⅳ.J218.7

　中国版本图书馆CIP数据核字（2011）第170897号

责任编辑：陈　曦　丁尚林　　　　　　　　装帧设计：丛　琳
责任校对：周梦华

出版发行：化学工业出版社　（北京市东城区青年湖南街 13 号　邮政编码 100011）
印　　装：北京云浩印刷有限责任公司
880mm×1230mm　1/16　印张 $8\frac{3}{4}$　2012 年 3 月北京第 1 版第 1 次印刷

购书咨询：010-64518888 (传真：010-64519686)　　售后服务：010-64518899
网　　址：http://www.cip.com.cn
凡购买本书，如有缺损质量问题，本社销售中心负责调换。

定　价：　29.00 元

前　言

　　"动漫"一词来自国内一些从事卡通漫画的艺术人士。其准确定义是"动画和漫画产业"，涉及的领域有传统绘画艺术、雕塑艺术、手工动画、泥塑动画、影视制作、音效制作、广告策划、科学仿真、计算机模拟、计算机图形学、计算机游戏、科幻小说、神话小说、报刊连环画、动画短片、动漫教材、影视发行、音乐发行、玩具设计、礼品发行等。

　　《卡通动漫30日速成》系列图书自上市以来，以它独有的简洁、细致、实战、概括、阶段性、统一性等特点展现了学习卡通动漫的轻松与明快。这套图书涵盖了美少女、美少男、动物、特效、场景等几大方向，通过实例讲解技法、知识点汇总、每日案例实战这三大步骤，进行卡通动漫绘画技法的剖析与分解。书中案例经典、知识点突出，每日实战更是直接深入生活，将现实与动漫的世界进行衔接、转换。因此，在动漫领域教材不断涌现的市场中，这套图书以自身的特点和优势而经久畅销，同时也向我国台湾输出版权，在不同地域开始了这套图书自身的漫游。

　　为了更好地服务读者，我们编写了第二版，在全套系列图书中，我们重新绘制了大部分案例，以更清晰明了的绘画让读者阅读临摹，同时删除了一些不够精美的案例；在实战部分，我们进一步选择最新、最时尚的画面，使读者感觉到全套图书与时代、生活的紧密连接。第二版的绘画方法也有别于第一版，比如女孩的眼睛，不仅有过去日式的画法，更添加了韩式及欧美的风格。同时，在本系列图书中还增加了一些新的分册：《Q版形象》、《服装》、《古典人物》、《游戏精灵》、《四格漫画》等。

　　《卡通动漫30日速成》第二版会继续成为中国动漫爱好者学习的助手和朋友，我们所做的一切只为了给读者以最强有力的参考与帮助。希望读者每日学习一点点，日积月累产生质的飞跃。

　　衷心感谢为了出版这套图书，为了不断丰富图书的内容、绘画技法而不断努力的团队成员，感谢虫虫动漫工作室的全体画师：王静、赵晨、李娟、董红佳、刘倩、李文惠、张东云、李鑫、翟东辉、胡培瑜、王丽端、罗贵来、张冬梅、张乐、刘煜、杨景辉。

卡通动漫**30日速成**

目录 游戏精灵

卡通动漫 30日速成 游戏精灵

卡通动漫 **30日速成** 游戏精灵

精灵的脸型不仅局限于帅哥美女，而且还有各种动物精灵。他们有的面目狰狞，有的可爱动人，各种脸型交相出现，上演了一场场精灵世界的完美演出。

普通精灵脸型的绘制

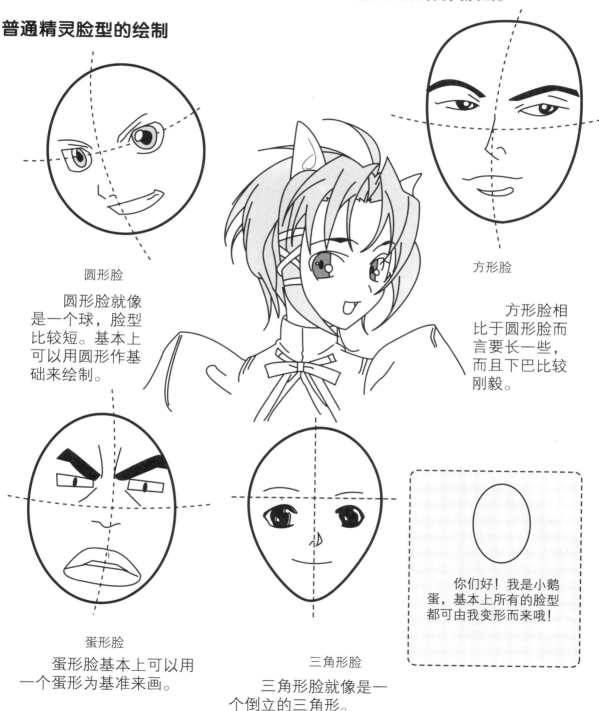

圆形脸

圆形脸就像是一个球，脸型比较短。基本上可以用圆形作基础来绘制。

方形脸

方形脸相比于圆形脸而言要长一些，而且下巴比较刚毅。

蛋形脸

蛋形脸基本上可以用一个蛋形为基准来画。

三角形脸

三角形脸就像是一个倒立的三角形。

你们好！我是小鹅蛋，基本上所有的脸型都可由我变形而来哦！

动物精灵脸型的绘制

凤凰脸部

凤凰的脸类似于鸡，用一绺绺线条来勾勒出羽毛。

大家好，我是数字"3"。在绘制动物的脸型的时候要巧妙地运用一些数字来构成哦！

龙脸部

龙脸看起来比较复杂，其实从正面上看都是对称的。

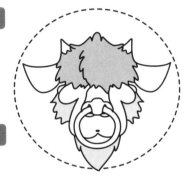

野牛脸部

牛的脸部可以看成是两个"3"组成的。至于牛毛部分则可以随性绘制。

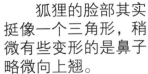

机械鸟脸部

机械鸟脸部类似一只鹅的头部，就像是一个"2"字。

狐狸脸部

狐狸的脸部其实挺像一个三角形，稍微有些变形的是鼻子略微向上翘。

脸型的汇总

微微倾斜脑袋，脸上洋溢着淡淡的微笑，是否能让你感受到一些暖意？相信你一定一眼就看出来了这是一个瓜子形脸了。绘制的时候要把下巴拐角处的弧度表现出来。

眼睛是心灵的窗户，拥有一双明亮而有神的眼睛是每个人梦寐以求的。尤其是女性角色，圆圆的大眼睛就好像会说话一样。眼睛也是表达人物情绪很好的载体。

女性眼睛的绘制

基本线条

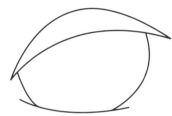

轮廓线

最终效果图

卡通动漫 ■ 游戏精灵 30 日速成

瞳孔

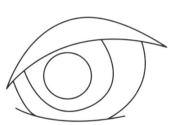

黑眼珠

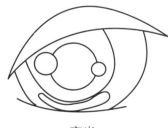

高光

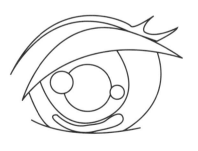

睫毛

嗨，大家好！我是小月牙，也是眼睛高光的组成部分哦！在绘制眼睛高光的时候用渐变来表现吧。

上色

其实卡通中的眼睛就是由瞳孔、睫毛、黑眼珠以及高光这几个部分组成的。在绘制女性眼睛的时候，要尽量用大的弧度来表现水汪汪的大眼睛。

男性眼睛的绘制

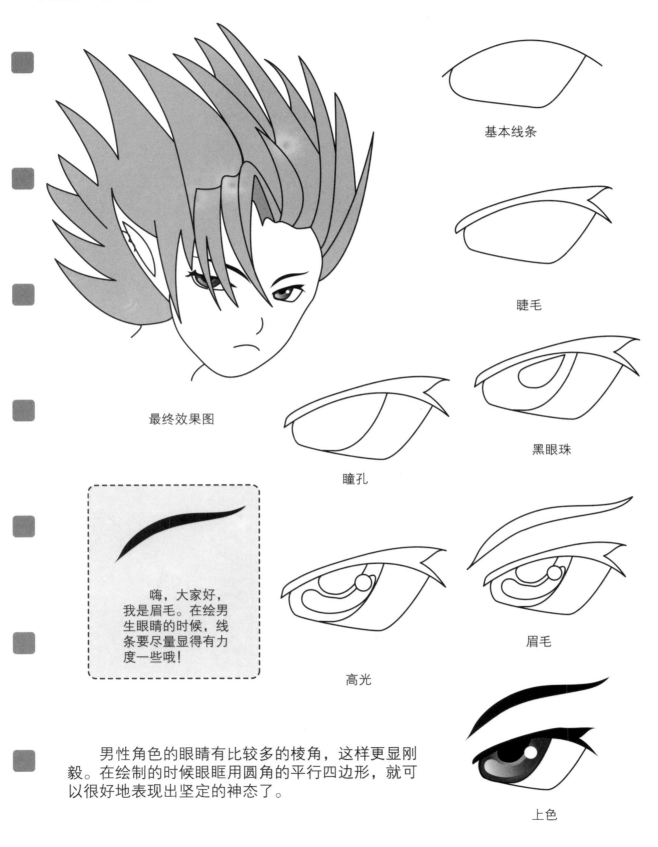

基本线条

睫毛

黑眼珠

瞳孔

高光

眉毛

上色

最终效果图

嗨，大家好，我是眉毛。在绘男生眼睛的时候，线条要尽量显得有力度一些哦！

男性角色的眼睛有比较多的棱角，这样更显刚毅。在绘制的时候眼眶用圆角的平行四边形，就可以很好地表现出坚定的神态了。

眼睛的汇总

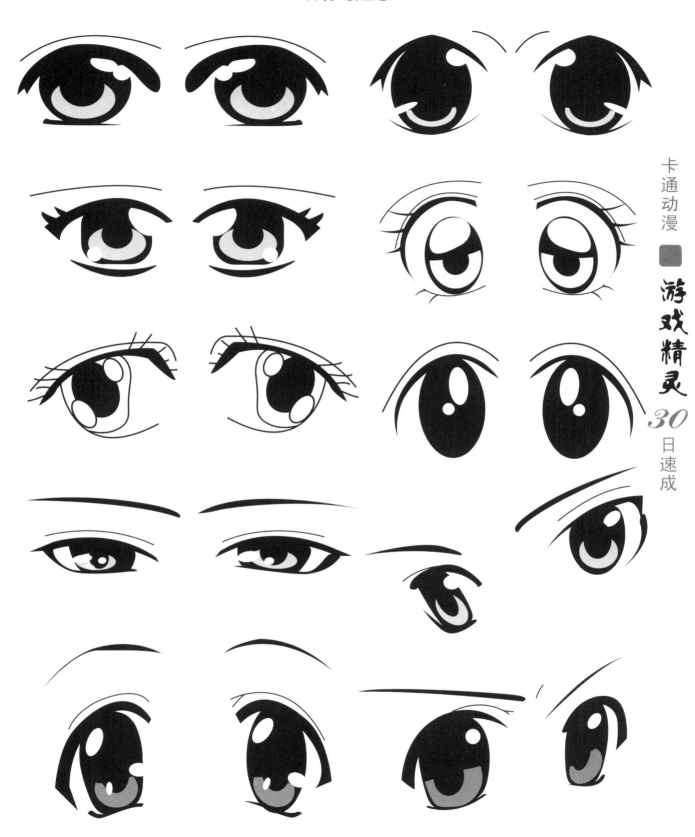

卡通动漫 ■ 游戏精灵 30 日速成

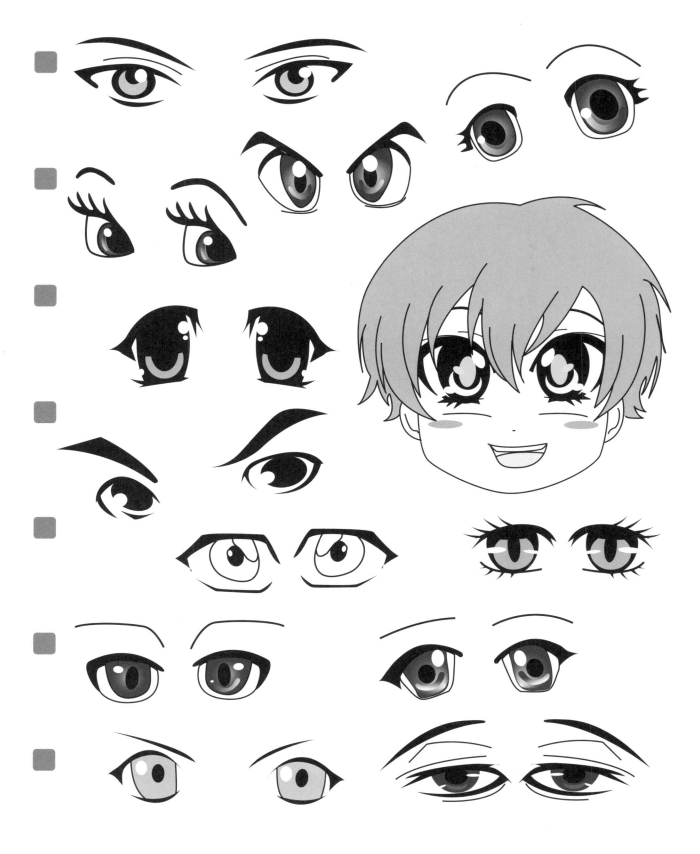

　　超大的美瞳是不是很具有诱惑力？这双眼睛和之前唯一不同的地方就是更加写实地把眼睑也给表现出来了，睫毛则用较为随意的曲线来表现。

精灵的耳朵是最具有特点的，尤其是长长的耳朵和带有绒毛的短耳朵。比较邪恶的精灵还具有一个重要的特征，就是嘴里有一对尖牙。不同的耳鼻口可以表现出不同精灵的性格特点。

鼻子、耳朵的绘制

绒毛耳朵是精灵中比较具有代表性的，绘制时注意绒毛的方向。

绒毛耳朵

鼻子侧面

长耳朵

细长的耳朵是精灵的主要特征之一，绘制时耳朵的尾部细长而尖，同时耳朵的结构也随之拉长。

侧面的鼻子简单许多，绘制时注意鼻翼的形状以及位置。

正面的鼻子需要注意鼻尖、鼻梁以及鼻翼的关系。

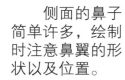

你们好！我是一只小耳朵，在绘制我们精灵的耳朵的时候要把我们与你们人类的耳朵区分开哦！

鼻子正面

嘴的绘制

线条式的嘴

上嘴唇用一根
线表现，下嘴唇只
用阴影表现。

线条式的嘴侧面在绘
制时，不用勾绘出嘴唇的
形状，下嘴唇依旧用阴影
表现。

嘴侧面1

有下嘴唇的嘴

运用上嘴唇的线条绘
制出嘴的基本形状，下嘴
唇的弧度较大，突出了嘴
唇的厚度。

嘴侧面2

与线条式的嘴
不同，有下嘴唇的
嘴在绘制侧面的时
候，需要勾绘出嘴
唇的厚度。

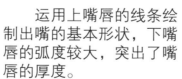

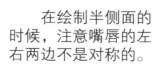

半侧面

在绘制半侧面的
时候，注意嘴唇的左
右两边不是对称的。

耳鼻口的汇总

cartoon

耳鼻口的汇总

游戏精灵

30

日速成

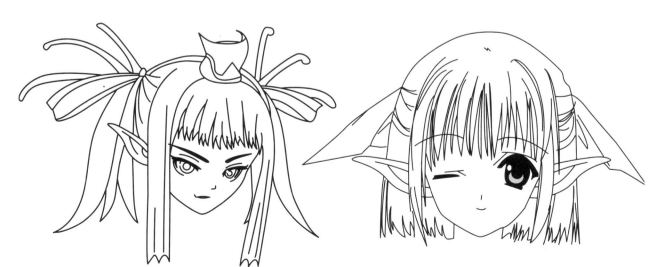

长长的耳朵很有精灵的感
觉。不需要拘泥于复杂的鼻子
和嘴巴的轮廓。这样就更像是
动漫中的人物了。

　　发型是人们的第二张脸，动漫人物也不例外，不同的发型可以表现出不同人物的性格特征，柔顺飘逸的长发给人恬静清新的感觉；齐耳短发则表现出人物的精明干练；爆炸式的头发则凸显了人物的与众不同……

短发的绘制

　　男生的发梢部分，两绺头发之间不要直接相连，而是应该错开，更能够表现出层次感。头顶的发旋处也要用一小段凹槽来表现。

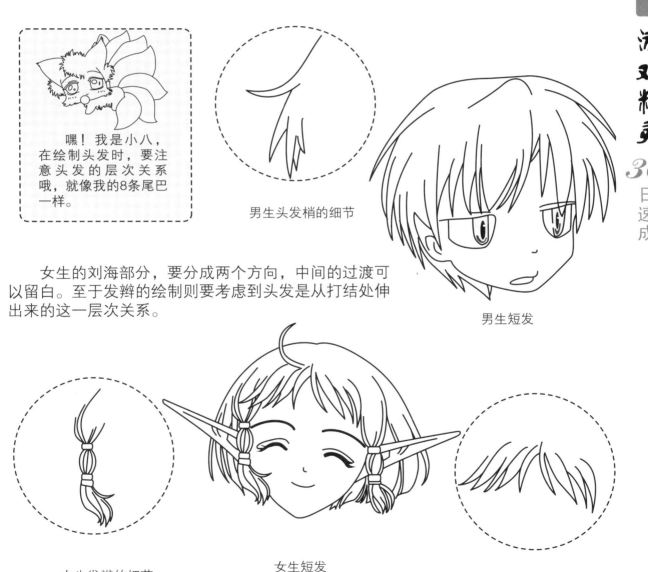

嘿！我是小八，在绘制头发时，要注意头发的层次关系哦，就像我的8条尾巴一样。

男生头发梢的细节

男生短发

　　女生的刘海部分，要分成两个方向，中间的过渡可以留白。至于发辫的绘制则要考虑到头发是从打结处伸出来的这一层次关系。

女生发辫的细节

女生短发

女生刘海的细节

卡通动漫　游戏精灵　30 日速成

长发的绘制

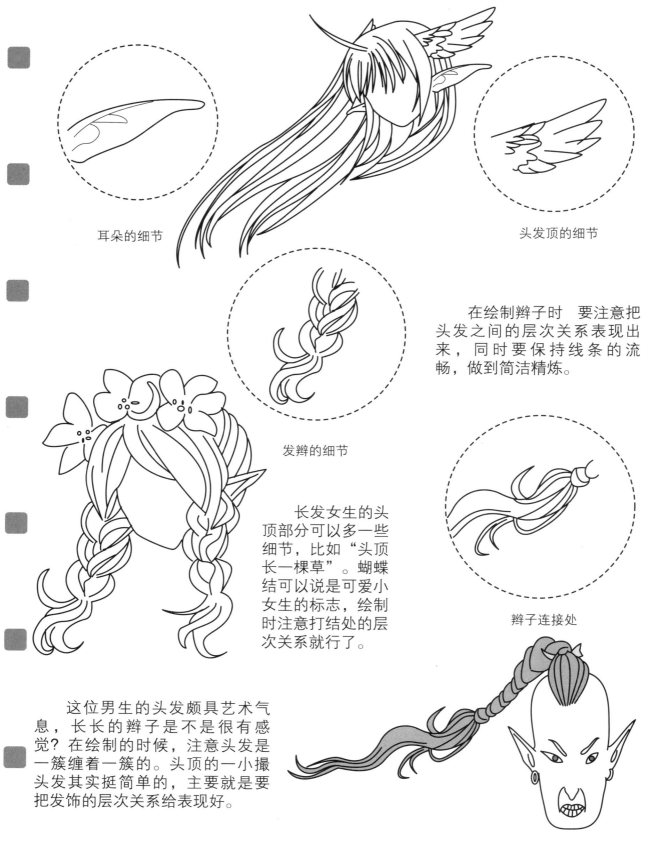

耳朵的细节

头发顶的细节

在绘制辫子时 要注意把头发之间的层次关系表现出来，同时要保持线条的流畅，做到简洁精炼。

发辫的细节

长发女生的头顶部分可以多一些细节，比如"头顶长一棵草"。蝴蝶结可以说是可爱小女生的标志，绘制时注意打结处的层次关系就行了。

辫子连接处

这位男生的头发颇具艺术气息，长长的辫子是不是很有感觉？在绘制的时候，注意头发是一簇缠着一簇的。头顶的一小撮头发其实挺简单的，主要就是要把发饰的层次关系给表现好。

卡通动漫

游戏精灵

30日速成

第 ④ 天实战

　　柔顺飘逸的长发随风飞舞、清新脱俗，显得分外迷人。绘制右边比较飘逸的秀发时，用长曲线去表现出头发的柔顺，同时注意头发的层叠关系。

在绘制前先观察五官的比例，能简化的尽量简化，用最少的线条勾绘出需要的效果。

随着社会分工的不断发展，人与人的相互合作越来越频繁和复杂，人与人之间的利益联系也变得越来越紧密和多变。这就要求每个人一方面通过情感表达来及时、准确而有效地向他人展示自己的情绪，以便求得他人有效的合作。

俊朗表情的绘制

自信

人在获得自信的时候往往会在不经意间露出迷人的笑容，绘制男生笑容的时候注意牙齿的痕迹。

生气

生气的时候眉头紧锁、嘴唇紧闭。在绘制时注意眉头与眉毛的关系以及嘴巴的弧度。

坏笑

反派中的经典笑容，在绘制时注意睫毛与嘴角的弧度，同时用两条细线将上下眼皮勾出，表现眼睛眯起的状态。

挑衅

挑衅是男生常有的表情，嘴角略微上翘表示不屑，直视的眼神展现自己的自信。

搞怪表情的绘制

委屈

人在受委屈时会不自觉地鼓嘴、低眉。在绘制时还要注意下眼睑，用细线表现下眼睑更能突出委屈的心情。

Hi，大家好，我是路飞。在绘制搞怪表情的时候，就要像我一样夸张哦！

晕

这是经典的犯晕表情，用螺旋线代替眼睛表现人物摸不着头脑，张大的嘴和汗珠使表情更加生动。

调皮

调皮的时候做鬼脸，将眼皮下拉，在绘制时用夸张的方式表现，使其更加富有生气。

猥琐

人在幻想到好事的时候，往往会露出类似的猥琐表情，重点是嘴巴与鼻子的把握以及眼神的方向。

卡通动漫

游戏精灵

30 日速成

男生表情的汇总

老谋深算

害羞

傻笑

开心

哭泣

尴尬

男生表情的汇总

咬牙切齿

惊恐

鄙视

微笑

口渴

嘴馋

第 ⑥ 天实战

绘制前先观察头发、眉毛、睫毛三者之间的关系，同时牙齿可以进行简化，用最简练的线条绘制。

翅膀在游戏中是件强大而又拉风的道具，翅膀有时象征着美丽帅气的天使，也可以是邪恶黑暗势力的代表，颜色各异的翅膀各有其象征意义。

帅气黑色翅膀的绘制

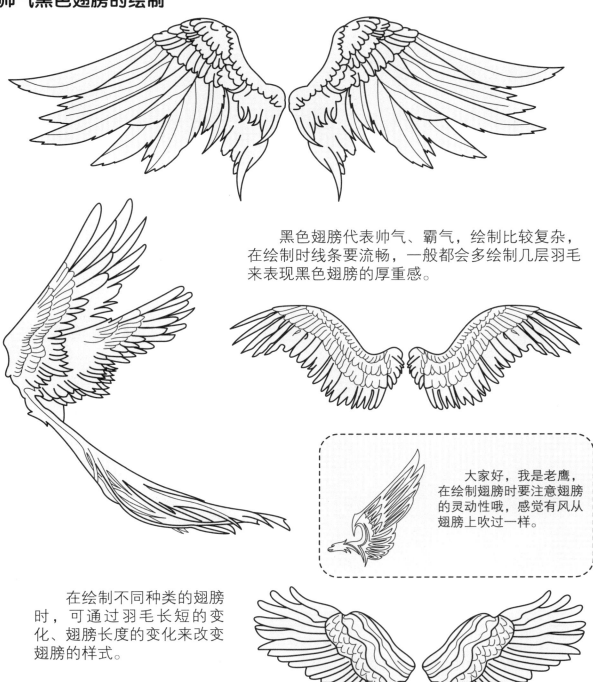

黑色翅膀代表帅气、霸气，绘制比较复杂，在绘制时线条要流畅，一般都会多绘制几层羽毛来表现黑色翅膀的厚重感。

大家好，我是老鹰，在绘制翅膀时要注意翅膀的灵动性哦，感觉有风从翅膀上吹过一样。

在绘制不同种类的翅膀时，可通过羽毛长短的变化、翅膀长度的变化来改变翅膀的样式。

卡通动漫 ■ 游戏精灵 30日速成

优雅的白色翅膀的绘制

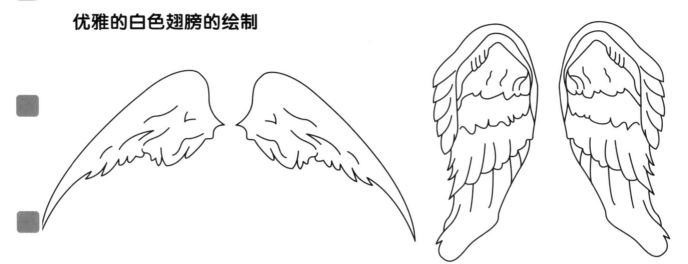

白色代表着优雅，在绘制白色翅膀时以简洁的笔画来表现，看上去简单明了，适当地加些褶皱来表示羽毛即可。

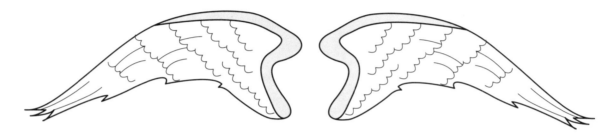

在看到类似上图的羽毛时，大家马上就会联想到鱼鳞，因此在绘制中可以像绘制鱼鳞一样绘制这样的羽毛。

在绘制翅膀形状时，有的突出翅膀的小巧而把羽毛绘制得短些，有的为突出优雅而把翅膀绘制成类似蝴蝶翅膀的样子。

翅膀的汇总

卡通动漫 游戏精灵 30日速成

在实战中是在人的后背上加一对翅膀，因此在绘制时要注意翅膀与人物之间的切合度。为了突出男主角的白马王子形象，一般给他加优雅的白色翅膀。

通过肢体语言可以看出一个人的心情：正襟危坐可知其恭谨或紧张，坐立不安可知其焦急慌神，手舞足蹈可知其欢乐；轻盈的脚步可看出心情愉快，沉重而不均匀的脚步表明处境不佳，迟缓的脚步表明心事重重……

手的绘制

握

在绘制握东西的双手时，要注意两只手的层叠关系。

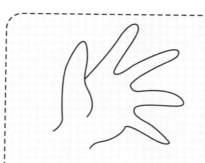

嘿，大家好，我是你们的手掌。再复杂的手势也是由五根手指加手掌组成的，所以在绘制前要明确五根手指和手掌之间的关系，抓住关键点就能轻松绘出哦！

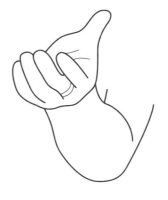

友好地伸手

见面伸手相握是基本的礼节，在绘制时线条应当柔和，体现友好的感觉，同时也展示出手指的灵活。

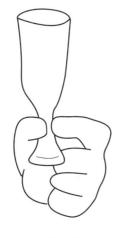

拿杯子

在绘制时注意手指与杯子之间的层次关系。

兰花指

在绘制前多观察，找出手指间的逻辑关系。

抓

手指应用弯曲的弧线绘制，直线给人僵硬的感觉。

卡通动漫　游戏精灵　**30** 日速成

脚的绘制

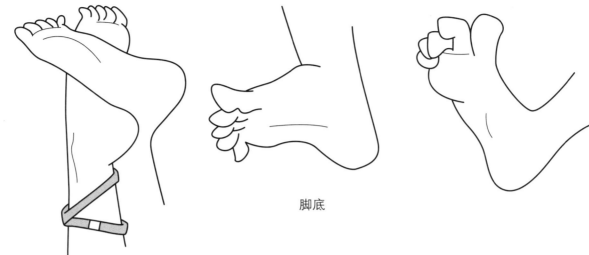

脚底

在绘制脚底的时候，要注意肌肉的线条，同时脚趾的关节方向要把握好。

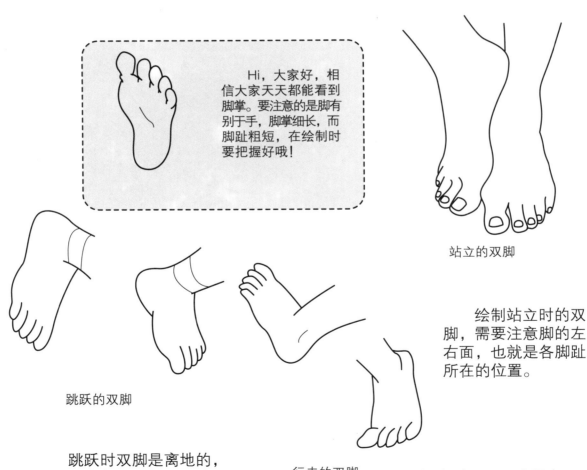

Hi，大家好，相信大家天天都能看到脚掌。要注意的是脚有别于手，脚掌细长，而脚趾粗短，在绘制时要把握好哦！

站立的双脚

绘制站立时的双脚，需要注意脚的左右面，也就是各脚趾所在的位置。

跳跃的双脚

跳跃时双脚是离地的，所以脚尖朝下，状态自然。

行走的双脚

行走时，一只脚用力，另一只脚放松自然，在脚趾部分有所表现。

脚的汇总

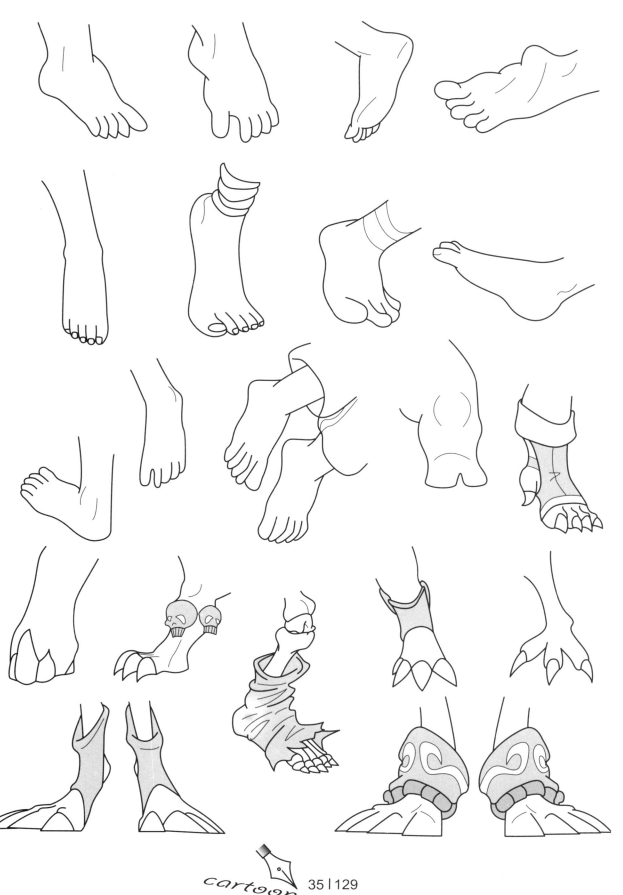

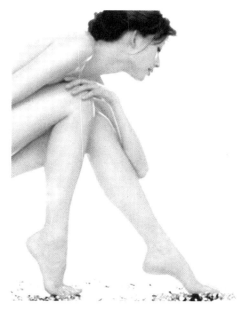

在绘制前先观察手与腿的线条和层次，然后着手绘制就容易得多了。

卡通动漫 ■ 游戏精灵 30 日速成

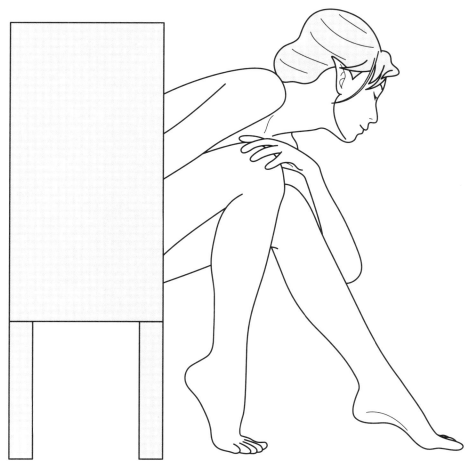

第 9 天　配饰的绘制

　　配饰在精灵角色中起到了画龙点睛的作用。漂亮的配饰放在不同的角色上会产生不同的的视觉效果。头饰和一些胸前的配饰可以增加女性角色的魅力。男性角色配上刀剑类武器增添些威武的气息。

弓箭手配饰的绘制

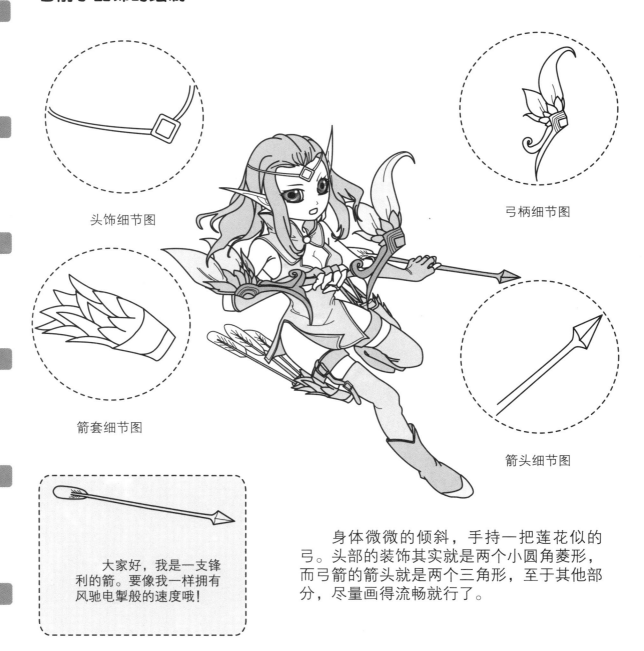

头饰细节图

弓柄细节图

箭套细节图

箭头细节图

大家好，我是一支锋利的箭。要像我一样拥有风驰电掣般的速度哦！

　　身体微微的倾斜，手持一把莲花似的弓。头部的装饰其实就是两个小圆角菱形，而弓箭的箭头就是两个三角形，至于其他部分，尽量画得流畅就行了。

cartoon

法师配饰的绘制

魔法棒细节图

耳环细节图

腰带细节图

帽子细节图

头饰细节图

右手拿着威力无比的法杖，左手尽量向前伸，就像你控制着无穷的魔力。绘制魔法棒要看清是三个"S"形的支架托起的一个球。耳环是一环套一环的逻辑关系。然而帽子就比较简单，由一个个的小椭圆组成。

大家好，我是传说中的百变魔法帽，在绘制主人的配饰时要和我一样用圆滑的曲线来勾勒哦！

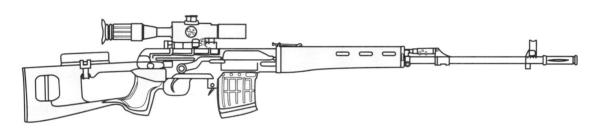

在绘制枪时，要注意其线条的笔直，枪的逻辑结构也是绘制时需要注意的地方。

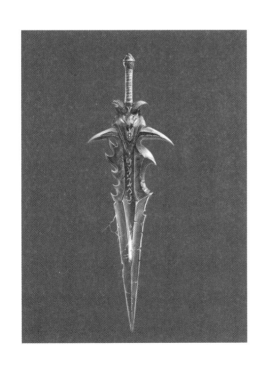

剑在实战绘制时要注意剑刃的绘制，要用不同粗细的线条来表现，同时还要注意剑身缺口的表现。

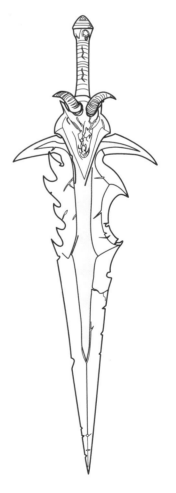

在游戏中除了正规的武器之外还有另一种强大的辅助道具，它就是法器。法器与武器在绘制上有相同之处也有不同之处。下面就让我们来看看法器的特征吧。

大型法器的绘制

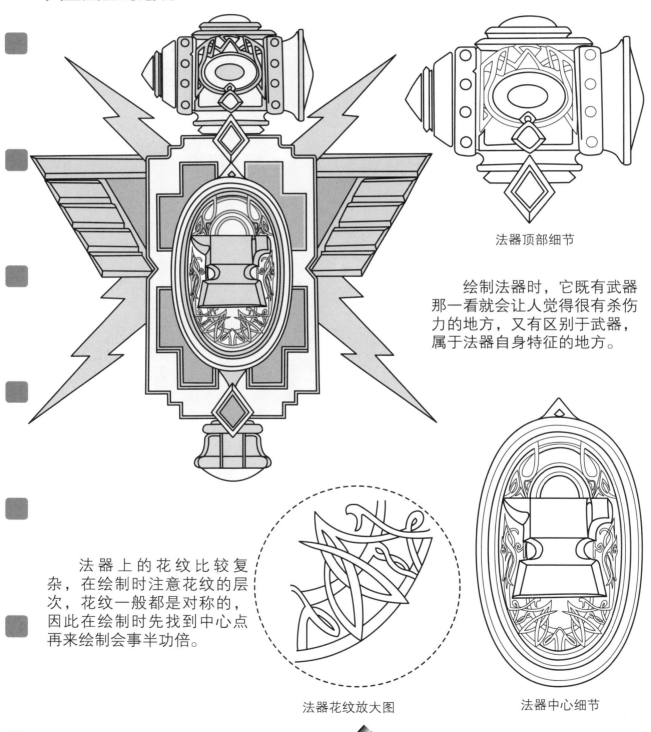

法器顶部细节

绘制法器时，它既有武器那一看就会让人觉得很有杀伤力的地方，又有区别于武器，属于法器自身特征的地方。

法器上的花纹比较复杂，在绘制时注意花纹的层次，花纹一般都是对称的，因此在绘制时先找到中心点再来绘制会事半功倍。

法器花纹放大图

法器中心细节

小型法器的绘制

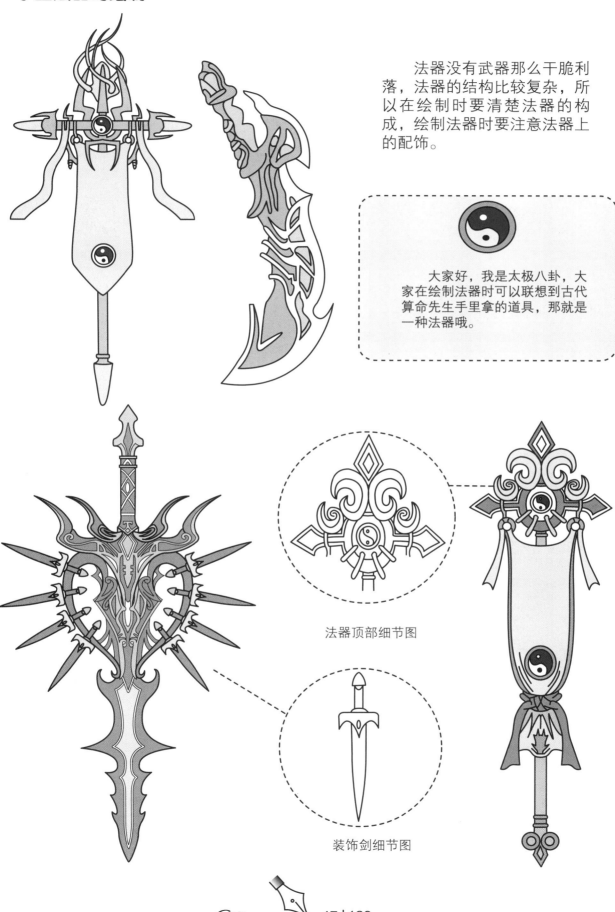

法器没有武器那么干脆利落，法器的结构比较复杂，所以在绘制时要清楚法器的构成，绘制法器时要注意法器上的配饰。

大家好，我是太极八卦，大家在绘制法器时可以联想到古代算命先生手里拿的道具，那就是一种法器哦。

法器顶部细节图

装饰剑细节图

法器的汇总

cartoon

第12天实战

实战了！游戏服装在现实中很具欣赏价值，所以在实战绘制时要注意服装在身上的整体美观，线条要贴合身体，使人物更加性感。

卡通动漫

游戏精灵

30 日速成

第13天 卡通精灵服装的绘制

精灵是游戏与动漫中不可缺少的元素之一。不同的精灵在外形与衣着上也明显不同，一件衣服往往在不经意间让人知道精灵的性格。

可爱精灵服装的绘制

可爱精灵服装上的装饰物会比较多，在绘制时注意各个部分的层次以及线条的流畅。

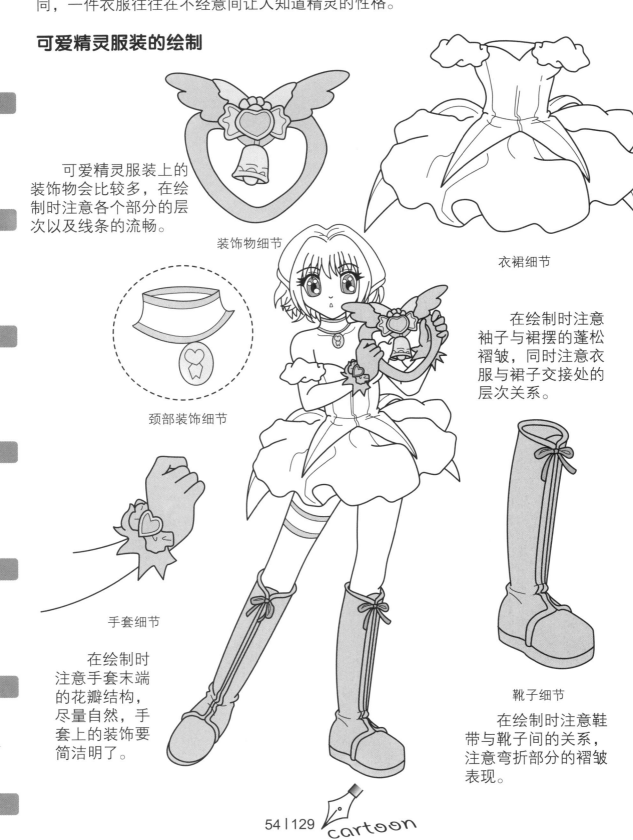

装饰物细节

衣裙细节

颈部装饰细节

在绘制时注意袖子与裙摆的蓬松褶皱，同时注意衣服与裙子交接处的层次关系。

手套细节

在绘制时注意手套末端的花瓣结构，尽量自然，手套上的装饰要简洁明了。

靴子细节

在绘制时注意鞋带与靴子间的关系，注意弯折部分的褶皱表现。

传统精灵服装的绘制

装饰细节

大家在绘制时多注意飘逸的感觉，就像羽毛一样轻，同时让人觉得柔美哦！

手镯细节

衣服细节

注意披风与衣服之间的层次关系，披风末端绒毛的方向也不能忽略，同时各部位的褶皱大概表现一下。

卡通精灵服装的汇总

第13天实战

在绘制时注意多层次之间的顺序，手臂部分多用柔和的线条勾勒。

在不同的游戏动漫中，不同的角色在不同的时间、地点、事件中有着不同的体态，各种各样的体态所产生的效果是不一样的，今天我们所学的就是常见体态的绘制。

直立体态的绘制

绘制直立体态时，我们要先了解这个人的比例大小，正常直立的状态，也就是这个人直立时，包括衣服、头发、腰带等大都是向下垂的。

正面的直立体态

俯视的直立体态

大家好，我是米老鼠，大家在绘制直立体态时要注意不同角度下体态的变化。

平躺体态的绘制

平躺的体态有很多，在绘制时应根据不同姿势来绘制身体的各个部分。

侧躺体态的绘制

在绘制侧躺体态时，要注意手与手之间的层次、脚与脚之间的层次，侧躺时往往头发会遮住部分脸。注意腰部位置的绘制，不同角色绘制腰时要有不同的样子。

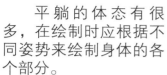

俯卧的正视图

当人俯卧时，衣服与地面之间有作用力，因此衣服会出现不同程度的褶皱，在绘制时要注意褶皱的绘制。

俯卧的侧视图

常见体态的汇总

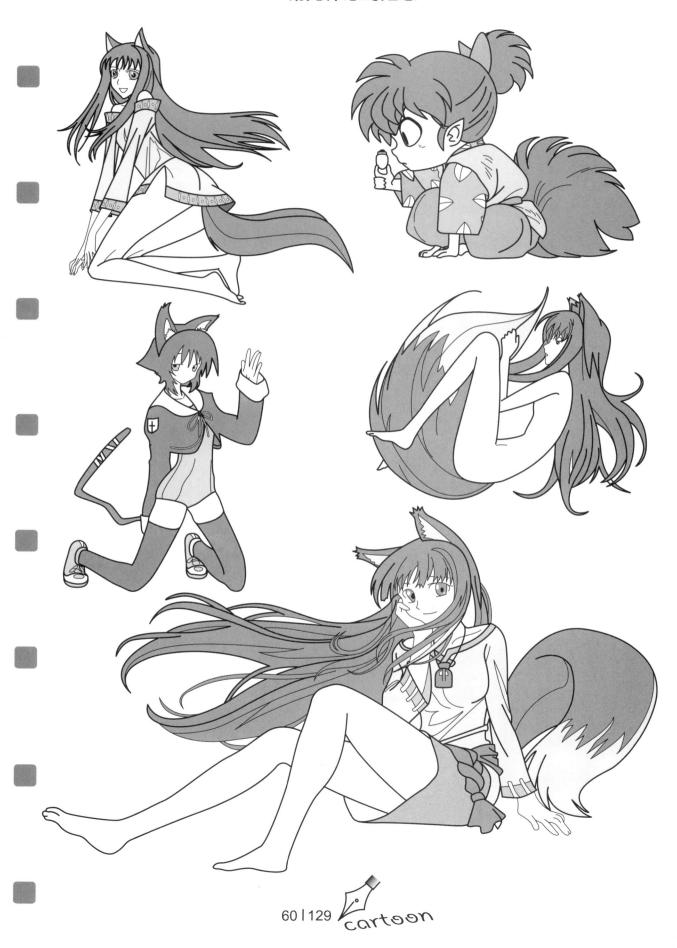

cartoon

第（14）天实战

卡通动漫

游戏精灵

30

日速成

在绘制坐立体态时，一般应
注意几点：一是服装的褶皱，坐
立时的褶皱会有很多，因此在绘
制时注意绘制出主要的线条，不
要很仔细地把所有褶皱都绘制出
来；二是四肢的层次关系，与身
体的比例协调性。

天使，英文名称angel，源自于希腊文angelos（使者）。它们是侍奉神的精灵，神差遣它们来帮助需要拯救的人，传达神的意旨，是神在人间的代言人。这样一种角色在游戏中怎么可能会缺少呢！

战斗天使的绘制

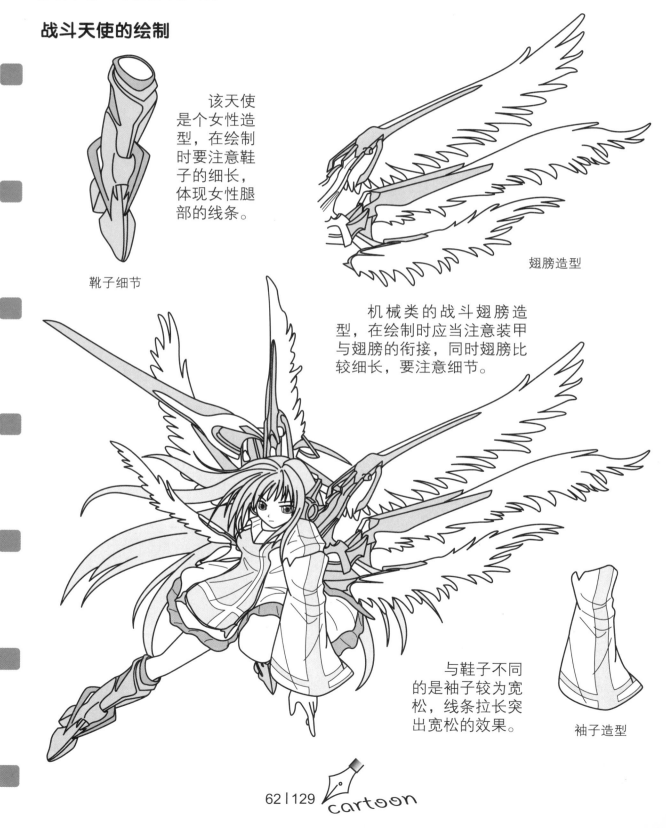

该天使是个女性造型，在绘制时要注意鞋子的细长，体现女性腿部的线条。

靴子细节

翅膀造型

机械类的战斗翅膀造型，在绘制时应当注意装甲与翅膀的衔接，同时翅膀比较细长，要注意细节。

与鞋子不同的是袖子较为宽松，线条拉长突出宽松的效果。

袖子造型

可爱天使的绘制

连衣裙

翅膀造型细节

大家好，在绘制衣服的时候，要跟我一样用简单的线条直接表现。

可爱的天使翅膀羽毛较为圆滑，而且羽毛大小不一，更添动感。在绘制时羽毛大小要得当，突出调皮可爱的一面。

手部细节

在绘制交叉的线条时，根据手或腿的轮廓进行绘制，同时注意层次关系。

小腿细节

法杖细节

天使的汇总

短圆可爱翅膀

该翅膀在绘制时，注意利用线条的弧度来突出可爱的一面。

细长飘逸翅膀

在绘制时不要怕麻烦，每片羽毛都是相似的，只是角度与大小有变动。

天使的汇总

浓缩型翅膀

在绘制时最外圈的羽毛依旧保持原来的大小，内圈的羽毛大小进行调整，重新排列，这样一个大翅膀就被精简成小翅膀了。

男性宽厚翅膀

cartoon

第15天实战

首先绘制出 基本轮廓，
再挑选一副自己喜欢的翅膀
添加上去，一个美丽的天使
就诞生了。

cartoon

无论是在动漫中还是在游戏中，常有骷髅兵的身影，可爱的、帅气的、狰狞的等等各种不同形象的骷髅兵给我们带来了不一样的感觉。

狰狞骷髅兵的绘制

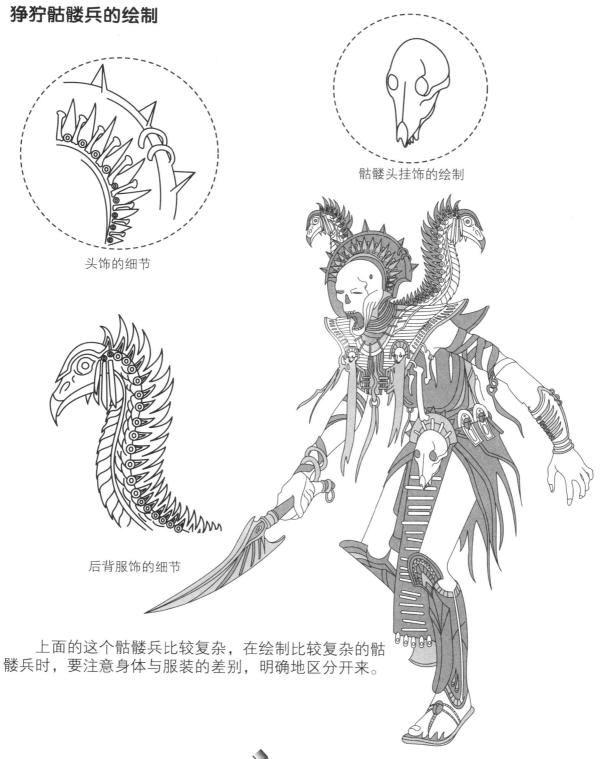

骷髅头挂饰的绘制

头饰的细节

后背服饰的细节

上面的这个骷髅兵比较复杂，在绘制比较复杂的骷髅兵时，要注意身体与服装的差别，明确地区分开来。

帅气骷髅兵的绘制

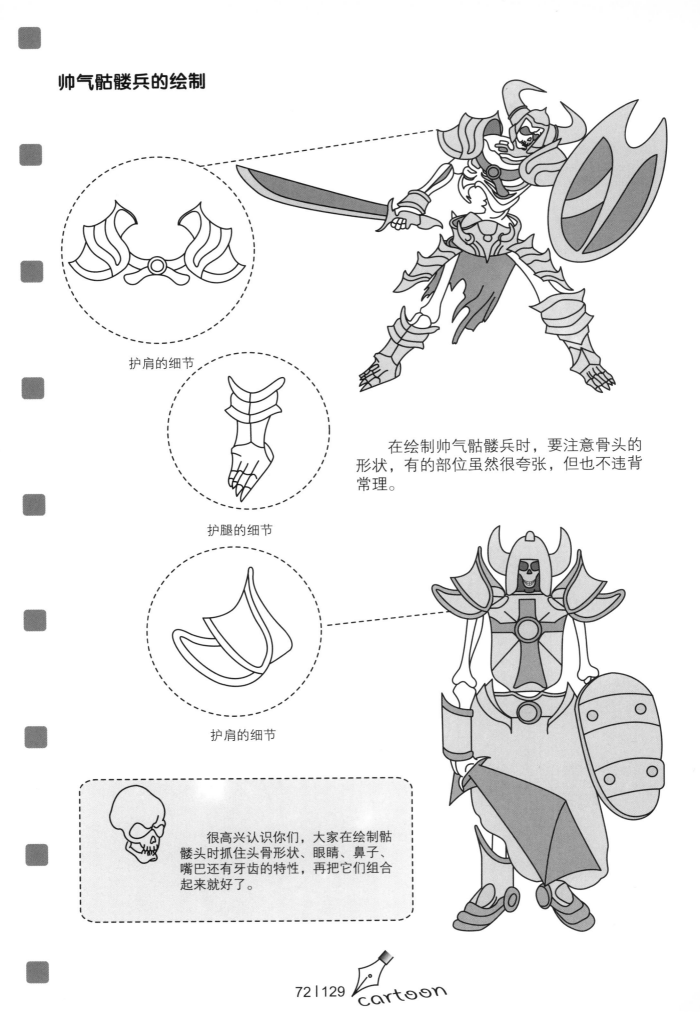

护肩的细节

护腿的细节

护肩的细节

在绘制帅气骷髅兵时，要注意骨头的形状，有的部位虽然很夸张，但也不违背常理。

很高兴认识你们，大家在绘制骷髅头时抓住头骨形状、眼睛、鼻子、嘴巴还有牙齿的特性，再把它们组合起来就好了。

骷髅兵的汇总

骨骼兵的实战中，我们绘制的是女巫形象的骨骼兵，破烂的衣服、发黑的皮肤、尖利的双手等都是骨骼兵特有的特征，而在绘制时要注意用这些特征来表现骨骼兵的形象。

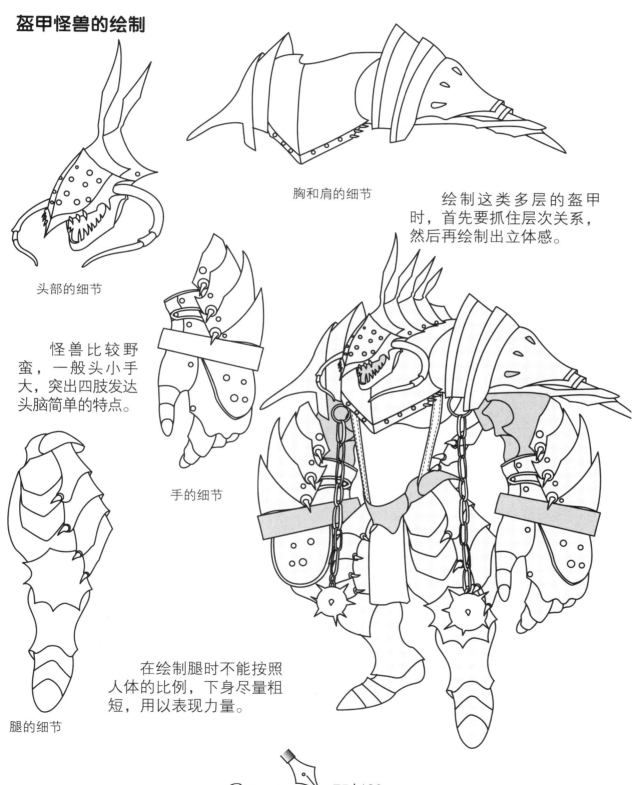

第18天　怪兽的绘制

　　怪兽在游戏中是必不可少的反派角色，不过正派也有可能有怪兽的存在。一般来说怪兽都是四肢发达头脑简单、体积庞大、面部邪恶，不同造型的怪兽给人的感觉也不同。

盔甲怪兽的绘制

头部的细节

胸和肩的细节

　　绘制这类多层的盔甲时，首先要抓住层次关系，然后再绘制出立体感。

　　怪兽比较野蛮，一般头小手大，突出四肢发达头脑简单的特点。

手的细节

　　在绘制腿时不能按照人体的比例，下身尽量粗短，用以表现力量。

腿的细节

卡通动漫
游戏精灵
30
日速成

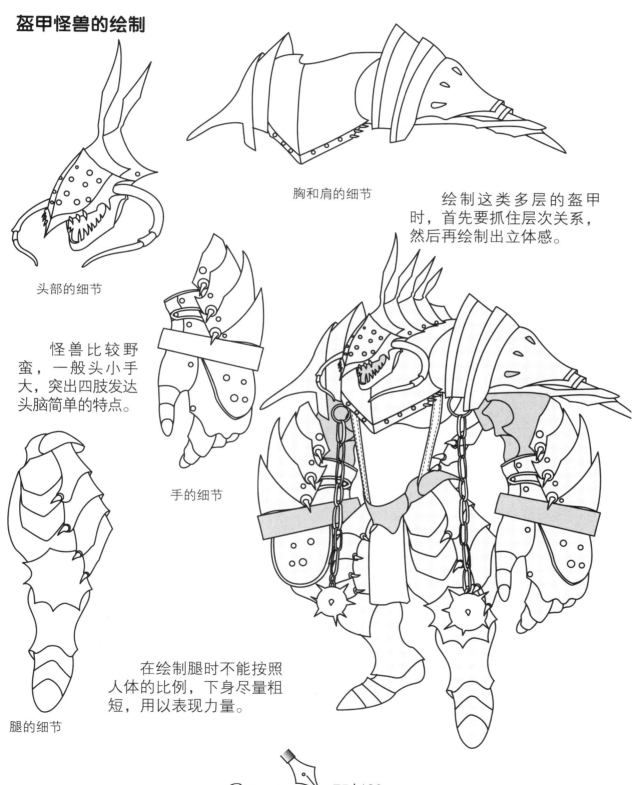

cartoon

75 | 129

远古怪兽的绘制

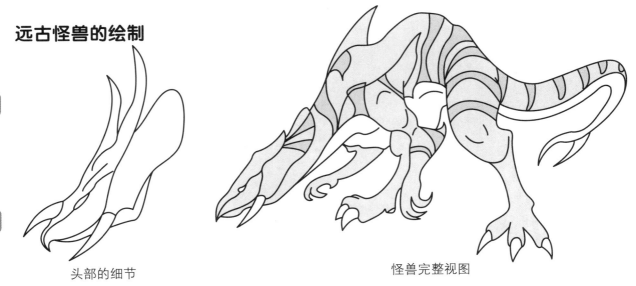

头部的细节   怪兽完整视图

　　恐龙一直是各种怪兽的模板，由于其庞大的身躯和恐怖的外表让其怪兽的形象深入人心。在绘制时要抓住这类怪物的身体线条，同时可以在头部进行变动，从而衍生出更多的怪兽形象。

变异类怪兽的绘制

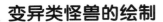

嘿嘿，我看起来像小石头吧，在绘制斑纹的时候画出类似石头的图形进行拼凑就可以哦。

手臂的细节

手臂装饰的细节

头部的细节

在绘制头的时候应该放大犄角缩小头部本身，这样能给人更加恐怖的感觉。

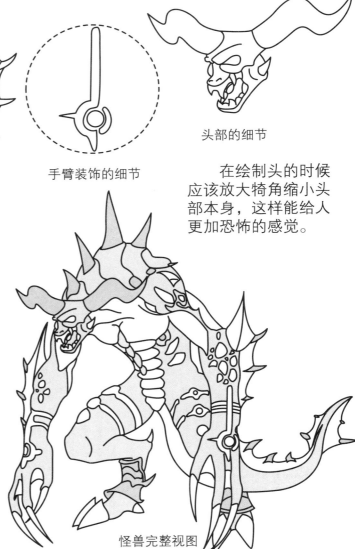

腿的细节

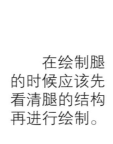

在绘制腿的时候应该先看清腿的结构再进行绘制。

怪兽完整视图

从侧面看我们看不出
它竖眼的位置，但是我们
可以绘制出侧面来表现神
蟾身上疙瘩的突起程度。
同时绘制时要注意前后的
层次关系。

我是布谷！
在绘制眼睛时要
注意它的睫毛就
像我的头冠哦！

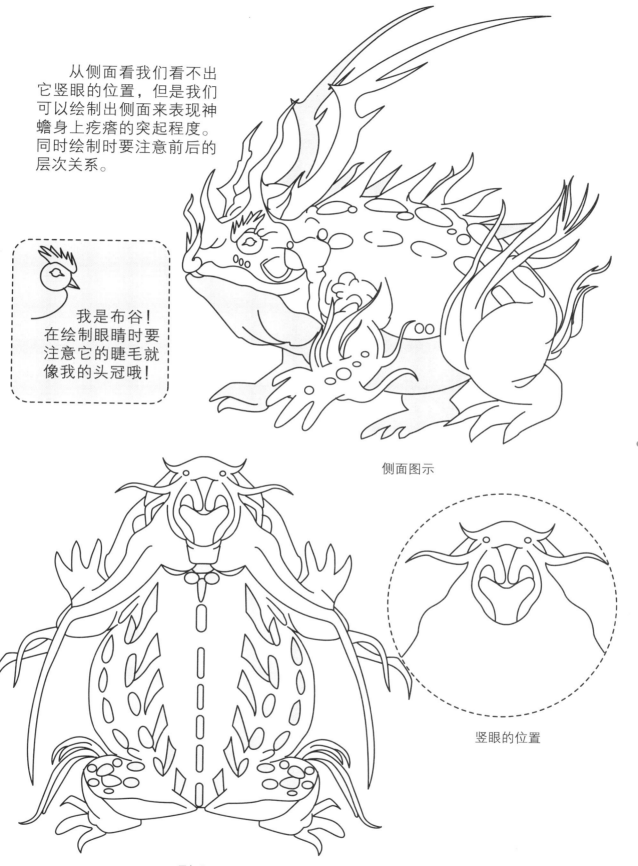

侧面图示

竖眼的位置

顶部图示

守护者的汇总

821129 cartoon

卡通动漫 ■ 游戏精灵 30 日速成

实战中把一匹狼绘制为游戏中的拥有多种元素的魔法狼，只要着重于尾巴的变形就可以了。

第20天 鱼美人的绘制

　　美丽的鱼美人是传说中的鲤鱼修炼千年而成人形的妖精。但她是一个心地善良的美丽妖精，她那面桃花般的面容和姣好的身段及其巨大而闪亮的红鱼尾给人深刻的印象。

舒展鱼美人的绘制

　　鱼美人是如此美丽动人，在绘制的时候可以吸纳一些中国的古典丝绸元素的柔顺来表现出裙子的柔顺。

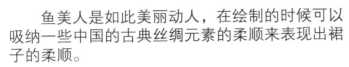

胸部的细节

手的细节

鱼尾的细节

　　嗨，大家好！我是鱼美人身上的海星。在绘制时要用顺畅的线条来表现哦！

蜷缩鱼美人的绘制

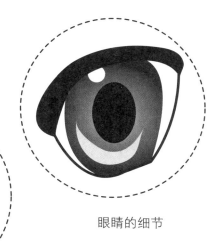

眼睛的细节

耳朵的细节

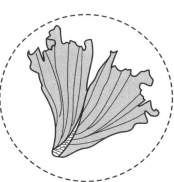

鱼尾的细节

嗨，大家好，我是鱼美人眼睛里的一个小月牙。其实眼睛是由一个光晕的眼球、一个圆形的瞳孔、一个小白点的高光以及我组成的哦！

卡通动漫

游戏精灵

30

日速成

鱼美人美丽的双手交叉而放，可爱的双眼天真地看着你，多么动人的画面。我们在绘制鱼尾时要有耐心，鱼鳞部分不可操之过急。

鱼美人的汇总

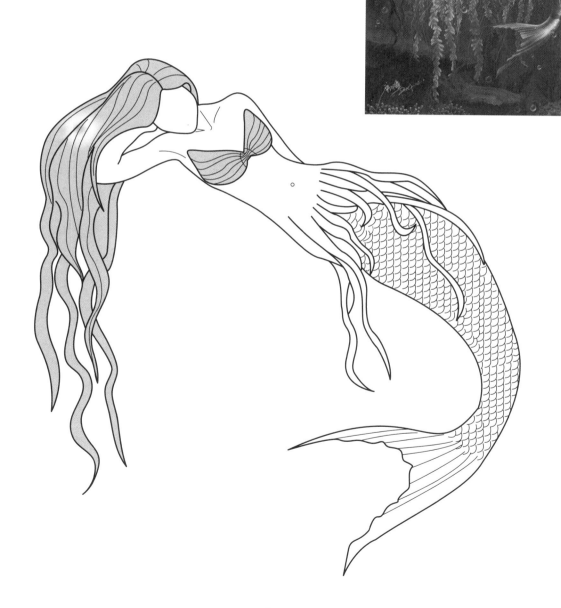

柔顺飘逸的长发倾泻而下，犹如山间的瀑布，再加之美丽的人鱼宛若睡美人平静的的侧卧。在绘制的时候，头发线条尽量平缓，鱼鳞不用表现得特别细致。

卡通动漫

游戏精灵

30

日速成

在游戏中，动物的角色占很大的一部分，无论是怪物还是宠物等都会用到动物形象。可爱的动物形象很能博得大家的喜爱，一般在游戏中扮演着宠物的角色。守护精灵就是属于这种类型。

战斗型守护精灵的绘制

酷比兔的绘制

小龙的绘制

飞天神鼠的绘制

守护精灵大体分为两类：一类是观赏型的，这类守护精灵有着可爱的外表、傻乎乎的动作等，这类守护精灵深受女生的喜爱；另一类就是战斗型的，这类守护精灵有着可怕的攻击能力。在绘制战斗型守护精灵时，可以通过锋利的爪子和武器来表现哦。

大家好，我是魔法守护精灵，看到我头上戴的帽子了吗？那是我身份的象征。战斗型守护精灵也可以从精灵的服饰上来表现。

皮卡丘的绘制

观赏型守护精灵的绘制

观赏型守护精灵都有个共同的特征，那就是在通常情况下都是面带笑容的，在绘制这类守护精灵时要抓住这个特点。

Hi，大家好，我是可爱的菲菲，绘制守护精灵手脚时可适当简化。

卡通动漫

游戏精灵

30

日速成

守护精灵的汇总

第(21)天实战

会飞的守护精灵一般都带有小翅膀，在绘制小翅膀时注意翅膀的位置、大小。这类守护精灵一般是属于战斗型守护精灵，因此在绘制时加了锋利的爪子来突出其特点。绘制时线条要圆滑、简洁。

第22天 普通动物精灵的绘制

动物平民是把动物人性化，动物穿衣服、有人性化的情绪等，动物平民也被广泛地运用在游戏角色中。

动物平民的绘制

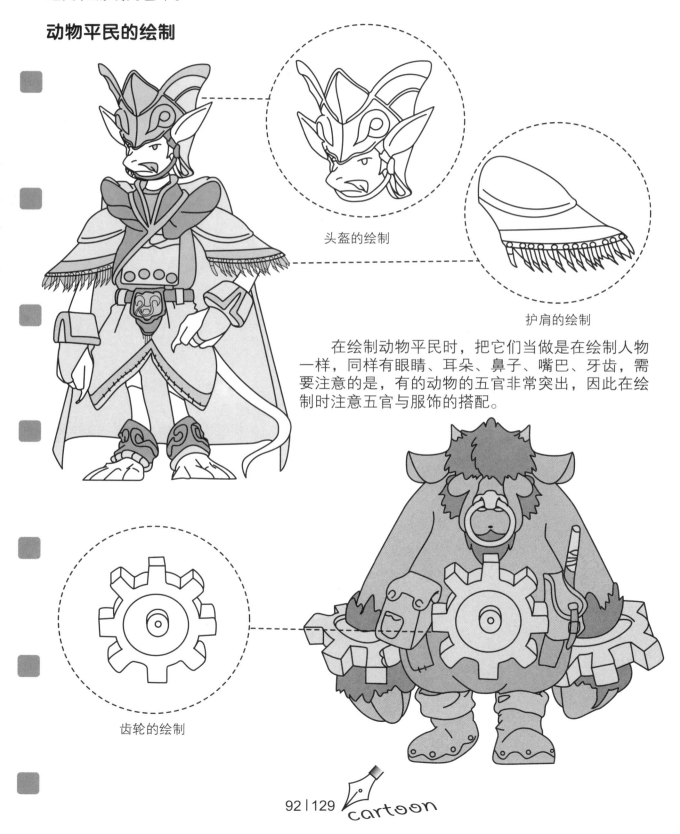

头盔的绘制

护肩的绘制

在绘制动物平民时，把它们当做是在绘制人物一样，同样有眼睛、耳朵、鼻子、嘴巴、牙齿，需要注意的是，有的动物的五官非常突出，因此在绘制时注意五官与服饰的搭配。

齿轮的绘制

背视图

动物平民一般都是比较另类的，有的头大，有的手大，还有的脚大，因此在绘制时注意把握好这个度，避免绘制得不协调。

帽子的绘制

大家好，我姓河名马，绘制动物时要注意服装与不同动物之间的搭配哦。

在实战练习中，我们找了大家都很熟悉的喜羊羊，先是绘制出它的大体轮廓，轮廓绘制出来后，给它穿上漂亮的衣服、裤子、鞋等。值得一提的是要注意形象的大小比例。

圣族是游戏新奇迹世界中的人物，每个都很有个性，在他们身上我们可以看到作者 的奇思妙想。每个游戏人物都有着部分人的特征，但又有自己的特色。

圣族的绘制

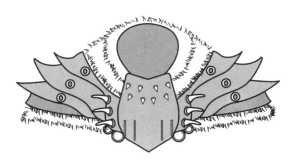

胸甲的放大图

护手的放大图

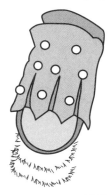 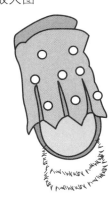

护腿的放大图

牛头头盔提示你，在绘制圣族盔甲时，可以在胸甲上绘制些狼牙挂坠，这样看起来更威武。

在绘制圣族类盔甲时，注意盔甲之间的层次感。这类盔甲上带有绒毛，要分清绒毛与盔甲之间的连接。当然在绘制绒毛时，要注意绒毛的走向。

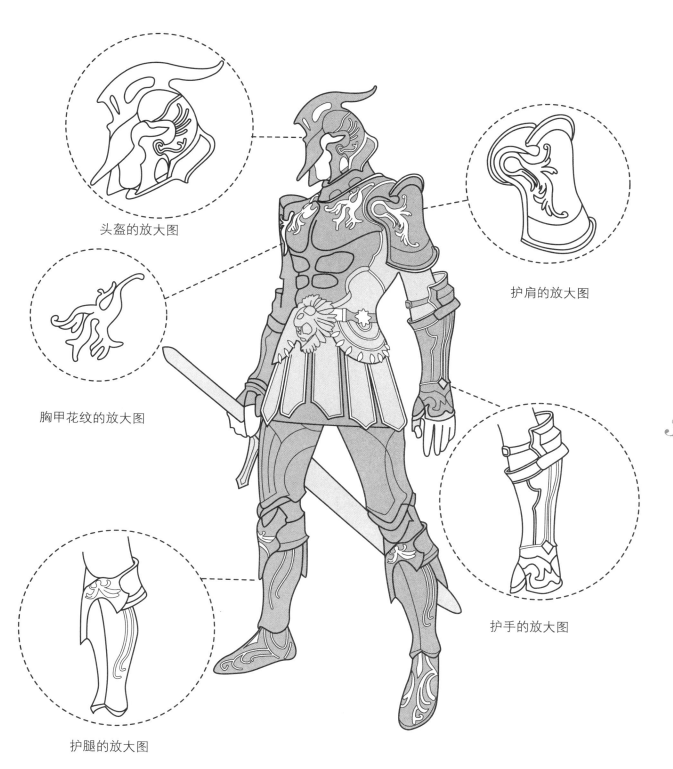

头盔的放大图

护肩的放大图

胸甲花纹的放大图

护手的放大图

护腿的放大图

　　圣族人物中剑客的服装比较轻盈，所以在绘制时线条要圆滑，粗中带细。盔甲上的花纹比较多，绘制花纹时要注意胸甲两侧花纹的对称性。

在绘制圣族的实战时，由于细节上的绘制比较多，因此我们要抓住关键的特征，分清圣族服饰各个部位之间的层次。

神兽麒麟的绘制

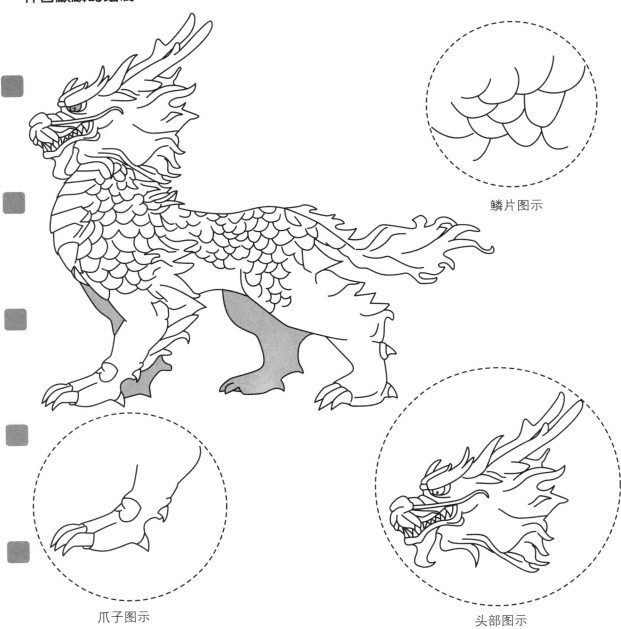

鳞片图示

爪子图示

头部图示

　　在游戏中，坐骑是不可缺少的。它就像现实生活中的汽车，为角色代步。麒麟是神话中的一种神兽，它头部长着角，像中国式的龙头；在神话故事中它代表了天降祥瑞。在绘制时要注意牙齿内外的层次关系；爪子的绘制要注意利爪与脚部的连接；它的全身长满了鳞片，在绘制鳞片时要把鳞片之间的层叠绘出，同时还要注意线条的流畅。

龙骑的绘制

　　龙一直都是玄幻小说、游戏中必不可少的坐骑。龙骑的速度快、耐力好，同时也不是一般人骑得起的。地龙的爆发力强，适合于短距离的奔跑，在游戏中地龙的优势虽然没有飞龙那么明显，但对于龙骑士来说，它就是最好的。在绘制时要注意爪子的锋利，同时也要注意座位与地龙的层次关系。

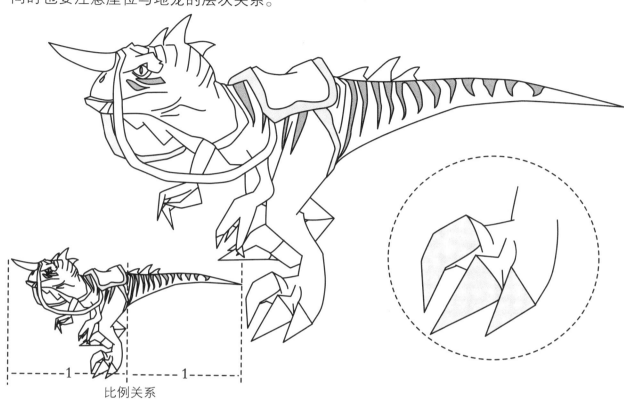

比例关系

　　把大象当坐骑的有泰国、印度尼西亚等地，这是现实生活中的，但是在游戏中武装的大象被称为战象。它的特点就是体积大、底盘稳，适合冲锋，而且长长的象牙是它的致命武器。在绘制大象时主要抓住战象的比例，特别是鼻子跟耳朵。

　　大家好啊！我就是传说中比猪耳还大的象耳了，绘制时要注意耳朵的比例哟！

实战时我们把一头漂亮的梅花鹿变成游戏里装备齐全的坐骑。在绘制时要将鹿的大致轮廓描绘出来，但是现实中的鹿没有游戏中仙鹿坐骑那般神武，所以在绘制时不要完全一样。

卡通动漫

游戏精灵

30 日速成

装备前

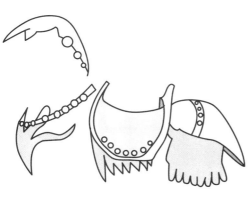

装备

装备后

第25天　魔导师的绘制

魔导师是游戏中常见的一个职业，是魔法师的升级版。魔导师在法术施放时可依据自己能力去掉法术施放咒语和魔法阵，甚至不用魔法引导道具。然而正统的魔法师无论多强却永远被魔法道具束缚着，如果手中没有魔杖，便无法施法。

Q版魔导师的绘制

帽子侧视图

魔杖细节图

衣服装饰细节图

裙子装饰细节图

在绘制魔法杖的时候可以把魔法杖看成是一个五角星和两个月亮以及四个箭头组成的。至于帽子的纹路画得尽量柔滑一些就可以了。

Hi,大家好，我是可爱的小乌龟。在绘制Q版魔导师的时候把下巴尽量画得圆滑一些，这样就更可爱了！

常规魔导师的绘制

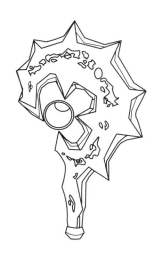

帽子细节图

腿部细节图

魔杖细节图

魔杖由中心一个圆球和周围环绕的尖锐的牙组成，在魔杖上还有一些随机分布的点和一些不规则的图案，在绘制图案时可以随意一点。

大家好，我是拥有巨大魔力的魔力珠，绘制魔导师的时候魔杖的锋利要用尖锐的线条表现出来哦！

在绘制的时候注意人体扭曲的表现。人物的服装是用比较简单的线条勾勒出来的。帽子是有一个爱心形花纹镶在上面。

第25天实战

卡通动漫

游戏精灵

30 日速成

　　魔导师的盔甲是不是挺帅的?在绘画的时候细节的东西如果认真地去绘制的话就可以把魔导师绘制得更加生动了。

第26天

奴隶的绘制

奴隶也就是游戏中的苦力怪物，这类怪物都是四肢发达、头脑简单的。通过这些低等的怪物才能突出那些英雄怪物的强大。

兽人奴隶的绘制

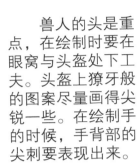

手部细节

兽人的头是重点，在绘制时要在眼窝与头盔处下工夫。头盔上獠牙般的图案尽量画得尖锐一些。在绘制手的时候，手背部的尖刺要表现出来。

头部细节

胸部、腰部细节

护腰通过观察可以发现就是由若干铁板组成，把握好层次关系，装饰用简单的线条勾绘。在绘制鞋子时要注意鞋头部分，兽人的脚比较粗大，鞋头应当画得大一些。

鞋子细节

巨人奴隶的绘制

头部细节

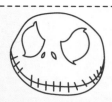

Hi，大家好，我是骷髅头。在绘制奴隶脑袋的时候注意眼神的表现，尽可能的呆滞，突出空虚的特点。在绘制装饰骷髅的时候就要邪恶一些，给人恐怖的感觉。

项链细节

腰部细节

护腰由一个圆盘跟布料组成，不用太过于描绘细节。腿部较为短小，但是也要画出肌肉的线条，体现出奴隶的力量。

腿部细节

手部细节

巨人奴隶的手比较大，在绘制时要注意手部与全身的比例。

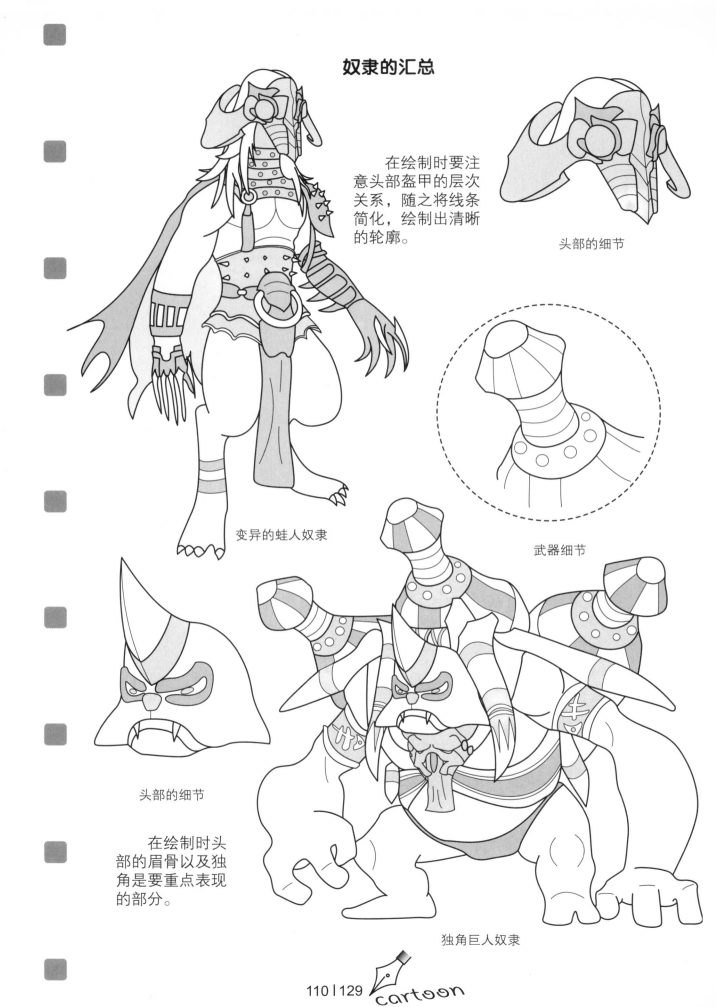

奴隶的汇总

在绘制时要注意头部盔甲的层次关系，随之将线条简化，绘制出清晰的轮廓。

头部的细节

武器细节

变异的蛙人奴隶

头部的细节

在绘制时头部的眉骨以及独角是要重点表现的部分。

独角巨人奴隶

奴隶的汇总

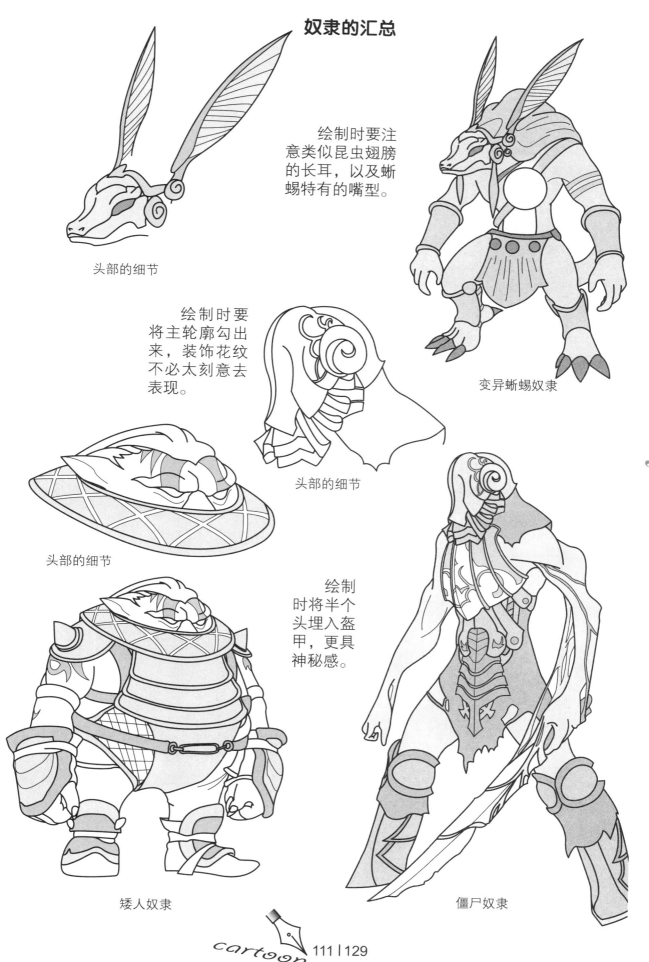

绘制时要注意类似昆虫翅膀的长耳，以及蜥蜴特有的嘴型。

头部的细节

变异蜥蜴奴隶

绘制时要将主轮廓勾出来，装饰花纹不必太刻意去表现。

头部的细节

头部的细节

绘制时将半个头埋入盔甲，更具神秘感。

矮人奴隶

僵尸奴隶

首先画出人的形态，然后再添上翅膀、角，这就成了一个恶魔奴隶。

狐妖是魅惑的化身，给人以邪恶的感觉。狐妖那婀娜多姿的魔鬼身材魅惑了多少男人的心，但是一旦她现出其真面目，她那恶魔般的手指甲，令人毛骨悚然。

性感狐妖的绘制

在绘制性感的狐妖的时候，要突出狐妖的尖锐的手指甲和尖尖的耳朵以及一条弯曲的尾巴。在绘制狐妖细毛的时候如果觉得不好画可以用几条线来描绘。

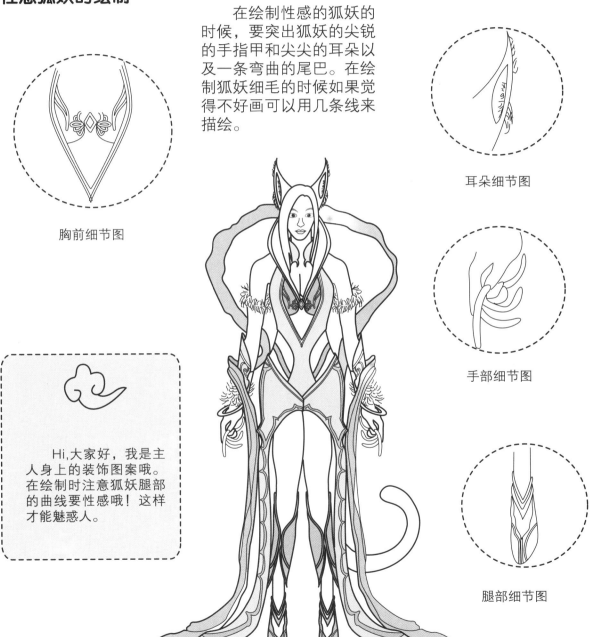

胸前细节图

耳朵细节图

手部细节图

腿部细节图

Hi,大家好，我是主人身上的装饰图案哦。在绘制时注意狐妖腿部的曲线要性感哦！这样才能魅惑人。

卡通动漫 游戏精灵 30日速成

传统狐妖的绘制

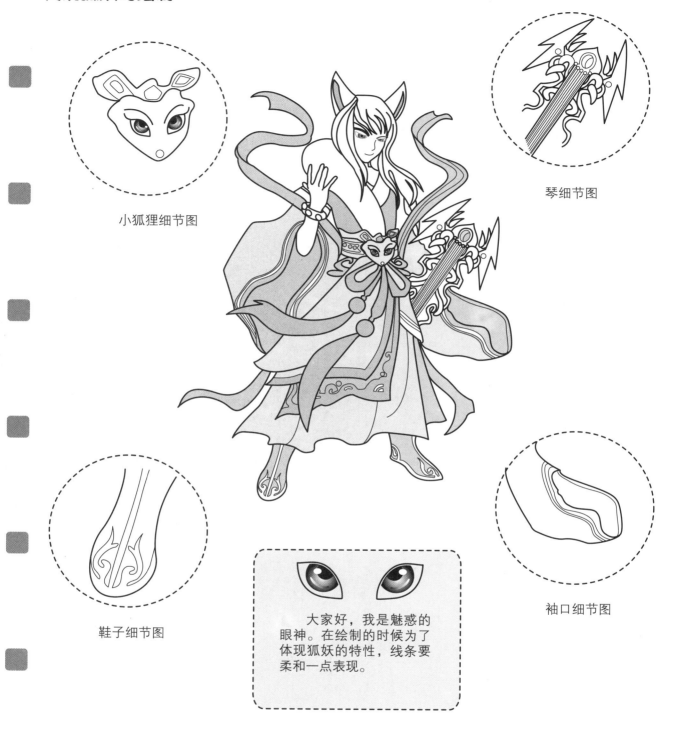

小狐狸细节图

琴细节图

鞋子细节图

大家好，我是魅惑的眼神。在绘制的时候为了体现狐妖的特性，线条要柔和一点表现。

袖口细节图

传统的狐妖是少不了一些古典乐器相随的，同时一个狐狸头的标志在腰间更加说明她是一只妖媚的狐妖。在绘制的时候，那把琴是难点，它的线条比较繁琐，不过不要害怕，静下心来就可以了。

狐妖的汇总

卡通动漫 ■ 游戏精灵 30 日速成

　　狐妖手拿一把小扇子席地而坐，露出美丽的腿，尽显妖艳之美。在绘制狐妖耳朵的时候要把绒毛的效果表现出来的话就需要用一些细的线条来打成一绺绺的弯钩。

第28天 猫妖的绘制

近年来各种游戏中出现的猫妖越来越多，在地下城与勇士中就出现了十多种之多。今后猫妖在游戏中所占的比例也不会降低。

可爱猫妖的绘制

头发和猫耳的细节

不同的发型和猫耳给人不同的感觉，可爱型的需把耳朵画得略圆，棱角尽可能不要，发型偏向清纯可爱。

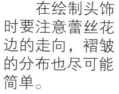

在绘制头饰时要注意蕾丝花边的走向，褶皱的分布也尽可能简单。

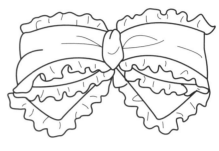

头饰的细节

衣领的细节

在绘制该领子时要注意领口的皮带装饰线条不能过粗，同时注意领子的层叠关系。

Hi，大家好，我是起司猫。在绘制猫的时候耳朵要大一些，身体要瘦一些，不然会跟兔子一样喔。

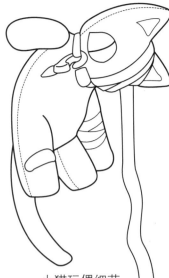

小猫玩偶细节

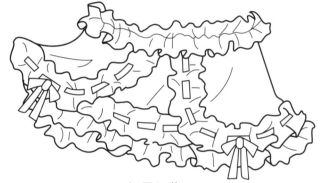

裙子细节

在绘制这类裙子时不要被花边所吓倒，按照走向用流畅的线条勾出，同时要注意结与花边的层次。

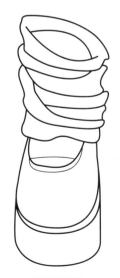

在绘制这类鞋子时，要先观察鞋子上方袜子的层叠关系，之后要注意鞋子与袜子的连接是否得当。

鞋子细节

猫妖的汇总

猫妖的汇总

cartoon

先绘制出人物轮廓，之后为其添加猫耳以及尾巴，即可变成一只可爱的猫妖。

第29天 凤凰的绘制

凤凰被称为百鸟之王，拥有非晨露不饮，非嫩竹不食，非千年梧桐不栖的气节。

传统凤凰的绘制

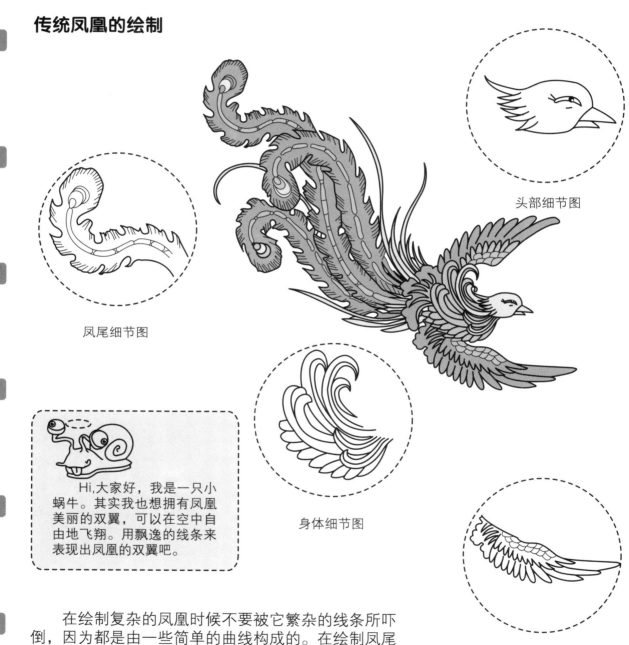

头部细节图

凤尾细节图

Hi,大家好，我是一只小蜗牛。其实我也想拥有凤凰美丽的双翼，可以在空中自由地飞翔。用飘逸的线条来表现出凤凰的双翼吧。

身体细节图

翅膀细节图

在绘制复杂的凤凰时候不要被它繁杂的线条所吓倒，因为都是由一些简单的曲线构成的。在绘制凤尾的时候用一些短的直线来表现出羽毛，运用半圆形来表现出翅膀的羽毛。

cartoon

机械凤凰的绘制

凤头细节图

凤胸细节图

凤腿细节图

凤爪细节图

凤尾细节图

Hi，大家好，我是机械凤凰身上的一个小装饰吊坠，在绘制胸部的时候突出一下我就好了。

机械凤凰最大的特点就是整只凤凰都是由尖锐的线条构成的，抓住了这一点就能够很好地表现出锋利的脚爪和刚毅的翅膀了。与此同时，头部也是由机械构成的，至于尾巴，可以适当地加一些柔和的线条来补充。

第29天实战

张开双翼的凤凰单脚站立地俯视着下方，美丽的尾巴自然下垂。在绘制时羽毛的层次感是很重要的，还有就是凤脚尖锐的指甲要表现出来。

第30天 龙的绘制

东方神龙的绘制

无论在东方还是在西方，龙的传说都会永远流传的。中国人称为龙的传人，龙作为神话般的存在。在中国的历史上常被赋予神圣的光环。在游戏里，龙更是多种多样，有当宠物的，有当坐骑的，还有的就是boss。

鹿角

鳞片

爪子

龟眼

在绘制时要先绘出龙的大致结构，然后再开始绘制细节。主要注意的是龙的身体线条要流畅，绘制龙角时要把握住角的立体感，同时在绘制鳞片时，要注意鳞片的层次感，画清鳞片之间的重叠关系。这样的话一条栩栩如生的龙就会出现在你眼前了。

西方魔龙的绘制

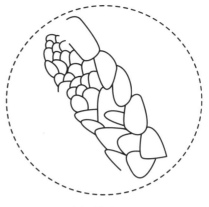

头部鳞片放大

西方魔龙是西方的一种传说生物，拥有强大的力量及魔法，种类很多，其家族的庞大比起东方的龙来毫不逊色。有居住于深海的海龙，有沉睡于火山的火龙，有蛰伏于沼泽的毒龙以及九头龙、龙兽、亚龙、双足飞龙等。今天我们要绘制的就是四足飞龙。

我是小龙神，在绘制魔龙时不要忘记了神龙哦，鳞片的绘制是一样的。

西方魔龙的四肢强壮，在绘制时要注意将肌肉的轮廓表现出来，它的翅膀不是由羽毛组成的，而是跟蝙蝠类似，是肉膜。所以在绘制时只要把翅膀与身体之间的连接绘出即可。

第30天实战

通过之前的绘制，我们认识到龙是由多种动物组成的，所以实战中就由蛇来着手。绘制时要注意鳞片的走向。

鹿角

爪

鱼尾

龟眼